Woebegone Wynds

Translated to Italian from the English
version of
Woebegone Wynds

Hornbill Harcel

Ukiyoto Publishing

All global publishing rights are held by

Ukiyoto Publishing

Published in 2023

Content Copyright © Hornbill Harcel

ISBN 9789360495008

All rights reserved.

No part of this publication may be reproduced, transmitted, or stored in a retrieval system, in any form by any means, electronic, mechanical, photocopying, recording or otherwise, without the prior permission of the publisher.

The moral rights of the author have been asserted.

This is a work of fiction. Names, characters, businesses, places, events, locales, and incidents are either the products of the author's imagination or used in a fictitious manner. Any resemblance to actual persons, living or dead, or actual events is purely coincidental.

This book is sold subject to the condition that it shall not by way of trade or otherwise, be lent, resold, hired out or otherwise circulated, without the publisher's prior consent, in any form of binding or cover other than that in which it is published.

www.ukiyoto.com

La notte si avvicina all'alba e inonda la sua luce Cerca lo Scion e la sua guida.

Ringraziamenti

Undici anni fa, quando ho iniziato a scrivere le mie poesie frammentate, non avrei mai immaginato di poter raccontare quelle storie e di pubblicarne alcune in un libro. Tenere questo libro tra le mani e vedere il mio nome come autore è surreale e sembra ancora una torta nel cielo. Sarebbe impossibile ringraziare tutti e tutto ciò che nell'universo ha spianato la strada per la realizzazione di questo libro, ma ci sono alcuni santi che meritano un applauso.

Innanzitutto, vorrei ringraziare i miei adorabili genitori che mi hanno incoraggiato e tenuto per mano nei momenti difficili. È grazie al loro amore e al loro costante sostegno che non ho rinunciato a scrivere. È uno dei miei sogni scrivere qualcosa di straordinario nella mia lingua madre e dedicarlo a loro. Un saluto a mia sorella Sugandha per le sue sane critiche e a mio fratello Madhav che mi ha detto di includere il suo nome nei ringraziamenti se avessi perso giocando a sasso, carta e forbici.

Un Burj Khalifa di gratitudine a Niket Raj Dwivedi per avermi posto la domanda "Vuoi pubblicare il tuo libro?" e per avermi guidato nel processo di pubblicazione. Un plauso a tutto il team di The Write Order per l'impegno e l'instancabile lavoro su questo libro.

Ringrazio di cuore la straordinaria Vernika Singh per i suoi suggerimenti, il suo entusiasmo e la sua perspicace consulenza editoriale. Grazie per aver preso in considerazione i miei suggerimenti. È stato un piacere lavorare con voi.

Devo esprimere un ringraziamento colossale a Jeeya Sharma per avermi aiutato a disegnare la copertina del libro e per aver mandato avanti e indietro le idee a mezzanotte. Un ringraziamento speciale alle mie amiche Sunidhi Chawla e Krutika Kotkar per aver letto e sostenuto il mio lavoro.

Vorrei anche ringraziare Me - per aver revisionato questo manoscritto nelle sue fasi iniziali e avermi detto che è spazzatura. Lo è ancora. Per quelle notti insonni in cui si lavora e si modifica dopo un lavoro di 9 ore. Per avermi ricordato che non devo scrivere con la testa ma con il cuore.

Infine, ma non per questo meno importante, un sentito ringraziamento a mia cugina, la mia doppelgänger, Varinda Lakshmi Lakhanpal per essere stata la mia prima lettrice dieci anni fa. Grazie.

Contenuto

Parte I	1
Torti e diritti	2
Woebegone Wynds	4
Domina & Donimus quid pro quo	5
Eucalipto	7
Laputa	9
L'Inferno di Dante	11
Gente e fate del sogno	14
L'impiccato	15
Cielo e Terra	18
Parte II	19
Il sole se n'è andato	20
L'ululato	21
Mostruoso	22
Cuori divisi	24
Privo di vuoto	26
Pioggia, stelle e notte	27
da Guerra, con amore	28
Oh! Calpurnia	30
Parte III	31
Una storia di malessere Lente	32
Sulle rocce	34
Sogno di una pipa	36
Ruscelli d'ombra	39
nello spazio, tra le stelle	43
Sasaeng	45
Due tipi di morte	47
Mi alzerò	49
Parte IV	52
Orbita ellittica	53
Labirinto di anime perdute	55
Cuore pesante	57
Le rive antidiluviane	58
Mezzo Dio	60

Impacco Time	62
Noi.	64
Samsara	65
Controllo	67
Giù nel vuoto	69
Effimero	70
Non ricordato	71
Cometa	73
BE	75
Necessità	76
Sull'autore	78

Parte I

Torti e diritti

Stanco di comportamenti tossici Il mio respiro si affievolisce nell'aria
Con ogni voto dei venti di seta si sviluppa una sete di fiera

Quanto a lungo il pensiero ha indugiato
Non ho mai messo in discussione la mia mente che si agita e si gira con velocità.
un sogno consola la mia mente

La nobiltà del Re brucia in un velo d'acqua
Per tutti i torti e i diritti Ahimè! Finisce per essere massacrato

Stanco delle oscure violazioni Il mio respiro piange la perdita
Con ogni rosicchiamento degli uccelli rubati gettava l'eco di lacerazioni

Quanto è lucido il rantolo delle profondità
Non ho ancora mai riflettuto nella vita Nebulizzando e sciogliendo la soglia un desiderio si infiltra nel mio genere

L'orgoglioso pregiudizio dei Queen canta in una goccia di lacrime
Per tutti i torti e i diritti Ahimè! Crea una trama temporanea

Stanco del conte attraente Il mio respiro attira la spada
Con ogni vagare della stella che passa Si muove per raggiungere la riva

Quanto ha sofferto il mio grande amore

Non ho mai calcolato il tempo in cui strisciando e supplicando il Signore l'avarizia mi riempie gli occhi.

La grande avversione del Cavaliere ride in una vasca di serpenti

Per tutti i torti e i diritti Ahimè! Mi regala una fama infida

Woebegone Wynds

Immaginando il gusto sdegnoso dei giovani che soggiornano in vicoli dolorosi, massacrati da tormenti e dolori a cui non hanno rimedio, né pretese.

Domati dallo spettro delle leggi, provocati da una cultura imperfetta, cercano di far valere i loro crimini.

e stare in pace negli skyline

Sollecitare le domande, delineare le trame

nascono dal puntello di un camaleonte Racconti e storie effimere che non si adattano mai a una plaquette utopica Ostacolati da lodi bigotte che spingono giù in grotte strutturate

Fissando le rime contumeliose dei giovani che si rifugiano in luoghi tristi, accecati dal denaro e dalla fama.

non hanno rimedio, non hanno vergogna

Domati dall'ipoteca dei legami Insidiati dalle dottrine ribollenti che si arrovellano a sollevare le loro tombe

e riposare tranquillamente in una gruna marina

Sollecitare le domande, rinnovare il trono

si affacciano dalla veste di un fennec e sfilano con racconti e racconti sontuosi che non si adattano mai a un tratto idilliaco incrinato dalla penuria e dal lusso

si fanno beffe di uno schema superfluo

Domina & Donimus quid pro quo

Un tempo in una terra antica,

ha accumulato una tribù di Grandi anomali e cabalistici.

Caeli, Aqua, Ignis, Terra e Quintessenza erano i loro nomi.

Hanno nutrito la terra e assetato le dame

Ben presto, un essere fu forgiato nel fuoco e nelle sembianze sopravvivendo sulla soglia che quest'ultimo aveva ideato

La decima alla Legge non era ancora stata pagata.

Finché Domina e Dominus Quid Pro Quo non sono entrati in questo gioco d'asso

Un accordo è stato stretto e rifatto con la sinfonia di una lira

Due record bloccati a Owl's e Hawk's shire Albatross, Balena, Libellula, Leopardo sono diventati i testimoni degli occhi

Infrangere il contratto significava trasmettere una manciata di belle

Così, tutto si è sistemato fino a un millennio di promesse non mantenute e milioni di neutroni Il sistema della prosperità e della metanfetamina è diventato presto il filo conduttore del languore e del crimine.

L'acqua è contaminata, l'aria è impoverita, il suolo è abraso, l'arboribus sta morendo...

Il collegamento è caduto tra i viticci degli steli

e divenne uno strumento del regno di Homines L'erudizione degli attraversamenti lasciati a dormire risvegliato solo fino al culmine del mulinello in corso

Il favore fatto chiede di essere ripagato forgiato nel fuoco e raddoppiato nella vendita al dettaglio.

Gli occhi di Iustitia giudicano tutti i credi che aspettano in silenzio di afferrare il collare di te.

Eucalipto

La litania dei torridi problemi che maciullano la mia mente con le tempeste

Batte e si intumidisce durante la notte nell'angolo del marciapiede nero Batte alla porta per entrare all'interno

e segna il mio viaggio alla ricerca di un rimedio per sopravvivere

Cammino a lungo fino a quando la foresta si infiamma e mi imbatto in alcune foglie di eucalipto.

La tonalità dei crani fratturati che mi fa saltare il tenore con sfiducia Convulsioni ed estenuanti sopraelevazioni che sussurrano i segreti a metà

Mi insegue nella brughiera per offrire un prezzo

e mi lascia senza speranze da parte degli spazzini, potrei percorrere i sentieri fino a quando le strade non divergono

e si imbatte in alcuni tronchi di eucalipto

Il velo addolorato del pomposo vagabondo che scandisce i giorni nei campi lontani Esortando e piroettando agli straordinari conquistando le torri con le tangenti

Si fa beffe delle mie moine camminando nel Sole sfrontato e lepidando il mio fisico con casta briscola

Mi aggiro per i bordi fino ai cardi e mi imbatto in alcuni granuli di eucalipto.

Il groviglio di vite tormentate che appanna le folle in scoraggianti divisioni Squidging e ammaliamento d'oltremare parlando di predicazione ai piedi di Salem

Mi sequestra nel pentagono per un prezzo in sospeso e mi segna come una strega legata a un filo di uncino.

e brucia in chiusura alla vista degli eucalipti

Laputa

Incagliato in un vasto spazio di vuoto, una terra di grande agilità
Navigare tra i racconti della storia
l'inestimabile, la conservazione della vita Splendidi frutti delle neuroscienze
sempre in progresso, mai rassegnati Piaceri e delizie saccarifere
affidati come premio senza significato Valori schmaltziani di amore e fiducia
lega il protettore e la spinta inscenando la danza delle mogli mellifere
coreografia di una prigione per tribù Schizofrenia dei simili sapiens
volano in faccia alla speranza Sanzionati dalle regole della dicotomia
correre, scivolare, e guai a chi si fa prendere dal panico.
detta i tesori divini semplici senza dimora delle piante e delle colture
brucia nelle loro lotte tattili

Le idee surrettizie dei millepiedi blue-sky sfuggono alle critiche quotidiane
I cambiamenti sardonici nei modelli di vento sono trattati come automobili miracolose.
La serendipità del ritrovamento di Balnibarbi
anela la baldoria del gioviale comportamento adamantino surreale dei disperati
tentativi, timidezza, confini supplementari Sussidiarietà creata dagli uomini strabici
fare poco con le deleghe e la penna Strane figure di dottrine abituali
persi e ritrovati nei siti fossili Cantando la musica delle mogli spaventate

Laputa! Che situazione insipida!

L'Inferno di Dante

La notte, i giorni e le canzoni dolorose cantate all'alba davanti al fuoco

prima che la vita diventasse una gara che sto perdendo e sembra che stia perdendo anche te.

Lucciole, api e Campanellino si sussurrano segreti prima di crogiolarsi nella polvere magica dell'alba.

e sembra che abbiano escluso anche me.

Dolori, nonchalance e sinistre porte inghiottite per la giovinezza e la fama

Il mondo non è mai stato così perso nella mia testa e sembra che ci stia annegando anch'io.

Scavando sempre più a fondo, ma senza mai raggiungere la luce, dov'è la fine del tunnel che sussurravano stasera?

Sembra che io sia bloccato in questo pozzo e non c'è via d'uscita, non c'è fine, non riesco più a sentire.

il sussurro degli scarabei e le deboli campane del tempio

La luna è alta

ma presto si eclisserà, sarò per sempre sepolto e questa sarà la mia tomba solitaria

Io vado, io resto, loro pregano amore senza senso e giorni senza gioia

Cerco di sentire ma ho paura

e sembra che questa saga non abbia alcun guadagno ma solo dolore

Il calore, il sole e le mie fughe notturne che segnano questa porta, un affare da scambiare Questo denaro superficiale e la faccia vuota

Quando sono diventato così per te?

Queste belle canzoni e queste belle luci che stringono il mio cuore, accecando i miei occhi

Sembra che non ingrasseranno mai

allora perché anch'io li cerco sempre?

Il crepuscolo, l'alba e il mesto crepuscolo cantano la storia dell'umanità in declino

Colui che è un mietitore e porta la falce Perché sono io quello che tiene d'occhio?

Scavando sempre più a fondo, ma senza mai riuscire a vedere dove sia la fine del ponte, mormorarono spaventati.

Sembra che io sia bloccato in questo inferno e non c'è nessuna pausa, nessuna crepa.

Sono per sempre solo in questa oscurità ad ascoltare   a   morto   sirene   e trappole in decomposizione

La luna è eclissata

e le onde dell'oceano si sono fermate Sarò per sempre oppresso

e questo sarà il mio conto da saldare

Io resto, io rivendico, loro si rompono, uccidono anni terribili, prede devastanti

Provo a pensare, ma ho ancora paura e sembra che questa saga

non ha guadagno ma solo dolore

Anime affamate, passionali e lussuriose bevono dai poveri e rubano a Dio Mai prima d'ora nella mia vita

ho incontrato un McKnight così furtivo.

La primavera, l'estate e l'inverno della neve guadagnano dall'aura delle colture coltivate In una terra piena di anime affamate

Sembra che anch'io stia consumando da voi.

Cervi, delfini e il criptico Silvermist intagliano una delicata coperta mentre si baciano prima che il serpente offra loro del miele e sembra che io sia pietoso come il denaro.

Scavando sempre più a fondo, ma senza mai soddisfare il mio orgoglio, dov'è la fine della vita, dicevano ieri sera.

Sembra che io sia attaccato dalla gravità e non c'è aria, né voglia di respirare.

Non riesco più a percepire

le onde stazionarie e il mio emme traditore

La luna non è mai riemersa e la sua luce è scomparsa

Sarò per sempre perseguitato

e questa sarà la provocazione definitiva

Io striscio, imploro, loro fermentano, domano segugi infernali e nomi febbrili Io cerco di recitare ma ho sempre paura e sembra che questa saga

non ha guadagno ma solo dolore

Gente e fate del sogno

Ascoltate! Gente e gente del paese C'è qualcosa di malvagio nel percorso

Sogni perduti di bracconieri del bosco Caccia e uccisione di tutte le creature nascoste

Ascoltate! Folks and Faes of my dream Qualcosa di caro non va in me Con balli da baraccone e tasse sacre Sono più di un essere spietato

Ascoltate! Gente e fate del regno Non andate a divertirvi nelle terre infestate Le tristi storie di talenti e voti

La miseria è condannata e le monete sono affogate

Ascoltate! Gente e Fedi di fama

Nessuna corona vale a seppellire il tuo nome Le vie usurate e strisciate di un tempo

Rimarranno legati, inascoltati e lacerati

Ascoltate! Mie care persone e amici

Non allontanarti dalle gesta dei giacimenti congelati Non più obbedire a questo corpo

Tutte le corde e le catene delle pulegge

L'impiccato

(Una causa infranta)

Presuntuoso è stato Colui che ha pensato che il mondo è sotto

Il suo palmo Callous sono diventato

Quando mi lasciò con il cuore spezzato Insondabile fu il motivo che mi spinse a navigare come una tempesta

Senza speranza è stata la stagione in cui ha cercato di riparare quella causa infranta.

Ciononostante, la gente è rimasta Per valutare questa scena di morte

I dungeon sono le mie caratteristiche Per ridere di questa morte storica

(Ambiente sgradevole)

Brevità è il nome di Callous Che piange la perdita del suo amore essere

Sublimi erano le intenzioni

Applaudire al mostro sottostante Benigno è il mio Spirito

Che ruota intorno alla sua anima catturata Notorious è il ritmo

Che saluta la speranza feconda

(La verità non raccontata)

L'avversione era la Montagna dello Squartatore Dove risiedono i fantasmi di quegli uomini strappati dall'Uomo astuto

La cui figlia dice che Morgan ha mentito Ricordo delle grida

Chi dice che sono il testimone del crimine Perché in questo evento di tragedia

È rimasto solo in vita.

Cielo e Terra

La vittoria era destinata a puzzare di terra e di sangue Quando per due volte si decise a muovere Cielo e Terra

Una gloria lugubre sviene al suono del Ruggito della Montagna

Con la struttura di un piano complesso, catturò un esercito di fate

La bellezza della guerra divenne innocente nel cuore Quando due volte si decise a muovere Destino e Sentiero

Desidero conoscere la differenza tra una strada non asfaltata

Ma ogni volta che passa un baldacchino

Respinge la richiesta di un'orda assetata

Cieli e cieli di aria purissima Brucia in agonia e grida di dolore

Quando si decise due volte a raccogliere Carburante e Campagna

Bocche visibili di persone sepolte sotto un'ombra Ogni volta che tirava fuori il suo

Facciata delle armi

Convincendo i sensi della mia volenterosa preda, mi sono opposto a lui per fare chiarezza, anche se l'ho ripagato con una mente distrutta.

Sono quasi certo di avergli fatto cambiare idea.

Parte II

Il sole se n'è andato

Il sole se n'è andato La bestia è tramontata

Oggi ci sarà uno spargimento di sangue So delle tue crudeli intenzioni

Fammi vedere il resto.

Vedo attraverso di te Il tuo cuore è così nero che

che ama una pietra morta

Il sole è sorto La bestia non c'è più

Nessun raggio di sole mi renderà integro

La violenza, la guerra, la guerra che hai preso il lato Quindi, dì Addio

perché non mi vedrete più.

L'ululato

Il giudice che sorveglia il pentagono decide i difetti di guida di ogni incantesimo,

abbiamo perso un'altra anima

Le macchine da guerra che si rivolgono alla luna danno forfait

Quando tiene la posizione, i compatrioti fuggono

I proiettili e le pistole mi trafiggono

La mia armatura è fatta di spettro, ma il cuore ha un battito spaventoso.

Il fuoco guida la casa quando la regina chiama l'attacco

Più si rivolge al corvo, meno torna indietro

Il vecchio mago frocio vuole il suo battito cardiaco Uno che guida la sua anima

e quello che cammina sul campo rigido

Il potere sulla corsia tiene separati i due estremi quando uno gioca la sua partita,

l'altro rimane separato.

Mostruoso

Il respiro non ha filo Eppure continua a respirare Sono vivo dice
Ma solo i morti sentono

Nello sposo, schiuma notturna Tutto è destino
Dal giorno alla notte
notte per finire Continua a perseguitare
sulla scopa

Sento solo piangere
In una sciocca stanza del lutto Corri indietro nel tempo
altrimenti non si otterrà alcuna fioritura

Vivere nell'ombra
con soffi luridi Un incubo di strada L'imbroglione nel cuore
Potrei essere una rapina diabolica

Non ha ancora annunciato il suo cipiglio
Marcio verso la bestiale corona Palla del mattino
Troll diurno
Tutte le sue grida sono appannate da un ululato assonnato

Il respiro non ha filo conduttore
Eppure ho vissuto mille notti aspettando la prossima preda

Finché non soddisfa il mio potere

Sono vivo dice

Ma solo i morti sentono Nello sposo, schiuma notturna Tutto è destino

Dal giorno alla notte

notte per finire Continua a perseguitare sulla scopa

Cuori divisi

Mi dava così fastidio
quando la mia mente pensava solo a te Ma il tuo cuore batteva forte
in un giardino separato di preghiere etniche Mi dava così fastidio
quando il mio cuore piangeva per te Ma la tua visione risplendeva
nell'opera di orgoglio del paese
Un'eternità sembra essere passata Anche un'altra passerà presto
Che cosa ne sarà di noi Saremo mai insieme
quando siamo entrambi lontani un'ottantina di zone

Mi dava così fastidio
entrando nel labirinto delle mete morte Ma hai sempre saputo qual era il tuo destino
nelle acclamazioni di patriottismo e di eroismo Mi dava così fastidio
vivere da solo alle pendici della montagna

Ma avete creato un bosco invernale solo per lasciarvelo alle spalle
Un'eternità sembra essere passata Anche un'altra passerà presto
Che cosa ne sarà di noi Saremo mai insieme
quando siamo entrambi lontani un'ottantina di zone

Il nostro unico luogo di fiori e cadute ora giace cinereo e nero
con le ramificazioni di una guerra distrutta I ricordi più dolci sopravvivono ancora Il riposo è sepolto in profondità nel sottosuolo Con una tripla serratura e nessuna chiave

Cuori divisi è ciò che sono ora Per sempre soli nel deserto

Mi dava così fastidio

Quando la mia mente ha dimenticato i tuoi lineamenti Ma la tua luce sembra brillare

con le stelle della luce del mattino Mi dava così fastidio

quando le mie mani hanno dimenticato il tuo tocco, ma le tue canzoni sono ancora accese nell'aria

in un ciclo interrogativo di fiocchi di neve Un'eternità sembra essere passata Un'altra passerà presto

Che cosa ne sarà di noi Saremo mai insieme

quando siamo entrambi lontani un'ottantina di zone

La domanda si insinua dietro di sé Stenti della corazzata

ancora in un percorso senza fine Quando penso al nostro cupo passato mi chiedo che cambiamento hai fatto Con le armi e una bandiera

Cuori divisi è ciò che sono ora Per sempre soli nel deserto

Vivere e morire

In un buio di nebbia e felicità

Privo di vuoto

Un vuoto invisibile Buio e freddo
Il suono di assestamento del mondo I lividi del fuoco sulla catena
e la reminiscenza delle guerre storiche Ricordami
Le conseguenze erano mie, ma il salto della fede apparteneva a lui.
Con un cuore di tesoro rubato molto tempo fa
Con la promessa di un sogno lungo la riva di un fiume
nei Campi Elisi E un bacio
Pieno di senso di colpa e di piacere Essere tra le sue braccia
prima del destino degli aerei precipitati e degli altopiani

Prima dell'avvento di Pearl Harbor e del disgusto dell'umanità
Questo vuoto diventa buio mentre scivolo in profondità
Con il ricordo delle guerre Più buio e più freddo
Perdersi dentro...

Pioggia, stelle e notte

I passanti e i fischiatori si sono avvicinati a me stasera
sulla riva che brillava come la luna Vicino alla stanza del quartiere dei pescatori
Tutto ciò che abbiamo incontrato o letto
non finisce di essere la testa e si muoverà
Luminoso e brillante
come luna che brilla di una strana luce

Vedendo il fulmine mi sono spaventato stanotte
Sulla pioggia che sembrava stelle sulla luna Vicino alla stanza del distretto di pesca
Tutto ciò che abbiamo incontrato o letto
non finisce di essere la testa e andrà
Continuamente in movimento
come stelle che scintillano a mezzogiorno
Follia.

da Guerra, con amore

Sentito nel buio, il fastidio del pianto Che favola quando il tempo passa La morte è bella

ma la maggior parte non può averla con voi intorno

Non riesco a vederlo Scappa via

ma è la tortura della morte o il vivere vivacemente

senza cuore

Che motivo per restare

La vita è un inferno anche senza fiamme La sua vampata è vivida mentre grida

chiudete le orecchie o morirete

Ho un motivo per restare con miliardi di dollari per morire Che uno pesante supera

e si appesantisce sulla mia vita maledetta Vorrei vederti di più

anche se i sogni mi tradiscono così Con l'inizio della guerra

Anche le mie lacrime scorrono, non riuscivo a perdonarmi per le cause di den

Ma ho ancora te che mi avvolgi la testa

Non puoi lasciarmi solo come la morte sul mio cammino

Anche tu sei lo stesso

allora perché temere la cicatrice La vita nella brughiera senza fine

non è il nostro destino Vivere con me

prenderà la strada migliore a parte

Non posso vedere il futuro, perché è nero.

Rendere la mia vita colorata

perché è solo nelle vostre mani

Carnagioni scure nei corridoi della luce che sognano come la mia vita

Non importa se è condannato, mi ricorderò sempre di te.

Oh! Calpurnia

Il presagio ti augura un giorno di cura per Alone
Anche se sai dove giaci Nei tuoi sogni da
Ha gridato "Giulio Cesare è morto".

Parte III

Una storia di malessere Lente

Ricordi perduti in un vecchio baule a prendere polvere in questi anni la fantasticheria di momenti

conservato nelle lacrime

Non ho mai saputo che quando te ne andrai sarò seduto qui

con questi libri illustrati, cornici abrasive che non rendono neanche giustizia

al tuo bel viso

Ma tutto ciò che mi rimane sono le ombre catturate in queste fotografie di voi camioncini dei gelati, viaggi a New York,

Abbracci calorosi, una brezza leggera che mi buca il cuore

e fa mille salti perché non posso godermi la

lunghi viaggi in auto e picnic senza di te notti retrò e vini d'annata

I timpani verdi della campagna

infesta i miei sogni, impedisce il mio appetito

ogni volta che scruto questi spettri che ridono e ti assomigliano I film di una volta riprodotti in loop evocano il passato fresco come nuovo

quei giorni di lucidità nel parlare con gli occhi mi fanno desiderare il tuo tocco, il tuo tempo Ma queste immagini sono silenziose

e non cantare le tue canzoni Sono inquietantemente silenziose e malate la mia anima cataclismatica

Ora chiudo questo baule e lo chiudo due volte lasciandolo a se stesso.

con mani e termiti

Sto salendo su un treno e mi sto girando per andare Per le tue immagini sono stampate su

il mio cuore strappato

Questi racconti angusti, scritti in lenti opere di redenzione, ma prima fuorviati, sono soliti far rivivere l'evocazione, l'omaggio e la luce.

Sulle rocce

Sento le loro grida, sento le loro urla mentre litigano e si azzuffano per le cose più banali

Mi nascondo sotto il letto e chiudo gli occhi Cerco di pensare a tutti i momenti felici

Picnic domenicali, passeggiate a cavallo

L'altalena sul portico e il mio primo ballo scolastico

Riesco a sentire le vostre acclamazioni e a vedere il vostro orgoglio Quei tempi di narrazione e di sitcom

Salmoni da pesca, dolcetto o scherzetto di Halloween Campeggio sotto la galassia

Le storie esposte nella notte

Posso dipingere la scena e rivisitare quel tempo

Miami Beach e Airbnb

sono rimasti nei miei ricordi e nei miei sogni pomeridiani Ora, il caffè viene versato e non si fanno falò I giorni passano in una mischia non romantica

Riesco a percepire la nostra separazione e il nostro cuore spezzato

Come posso scegliere tra Mamma e Orso d'inverno?

Così, rimango sotto le coperte e scrivo una nuova opera teatrale senza partizioni, senza pause malsane.

Nuotiamo fino alla stanchezza e divoriamo torte al rosmarino Portiamo a spasso Montgomery e sgranocchiamo Fagaceae

Il sipario non si chiude mai, né questa fantasticheria svanisce Non siamo sulle rocce, passando davanti ai cancelli delle stazioni

Immagino il nostro sorriso, immagino la nostra gioia mentre viviamo di nuovo come un'unica famiglia.

Sogno di una pipa

Quando ti ho visto l'ultima volta

ballavi e cantavi sotto la pioggia Quando ti ho incontrato l'ultima volta

eri in piedi da solo ad aspettare di salire sul treno

Quando ho incontrato il tuo sguardo dall'altro aereo hai salutato e sorriso dicendo il mio nome.

Oh! Ho pensato che dovevo sognare per attirare la tua attenzione questa volta I tuoi capelli volavano nell'aria

ma poi sei sparito con un istante di marcia

e da allora hai occupato la mia mente Sono tornato a casa e ho composto una canzone

suonando la mia chitarra cercando di non pensare troppo I miei amici mi hanno chiamato

facendo programmi per film e bar, ma la mia mente continuava a scivolare verso di te.

aggrovigliato nella tua voce e nei tuoi occhi di sole Il film è scivolato in un lampo

Qual è stata esattamente la storia che ha fatto precipitare Un semplice ragazzo del centro città

guida in periferia

inseguire il suo destino con una mente pericolosamente perturbata

I miei sogni e le mie fantasie su di te per tutto questo tempo

Sembra che io abbia creato un'illusione fatta di vetro e ghiaccio.

Se sei davvero un sogno, non svegliarmi ancora.

le menti spezzate non si riparano da sole Lasciatemi vivere solo per un po' di tempo fammi assaggiare di nuovo il miele nei tuoi occhi fammi toccare la sporcizia che lascia i tuoi piedi sei il mio unico e solo credo

Il film è finito un po' di tempo fa

i miei amici dicono che ho dormito anche in macchina

non c'è da stupirsi di quanto tu sia magnificamente divino e che continui a consumare tutta la mia mente Si sta facendo freddo e la notte sta scendendo anche il gelo sta giocando a far finta di niente

Uscendo dalla porta nella notte solitaria mi imbatto direttamente nella tua schiena

e vedere le stelle davanti ai miei occhi "Mi dispiace", "Ciao", ho pensato di dire

"Sei tu", ciò che in realtà la mia bocca ha tradito Siamo io e te da soli sotto le stelle

ma perché tutto questo baccano e perché tutte queste auto? Pensavo fosse silenzio, ma...

Riesco a sentire le sirene e le grida adesso

Sono io che giaccio morto a terra? Quando è successo?

Come sono morto?

Siete anche voi uno spirito di passaggio? Sei sempre stato un'ombra, sempre un'ombra

No, questo non può accadere

Svegliatemi da questo giorno

La canzone è finita e io sono seduto ansimante nel mio letto.

con le cuffie in testa e un timore incessante Per così tanto tempo ho inseguito questa chimera sembra che abbia perso il contatto con la realtà Ora che penso ad alta voce

questo carisma non mi rende orgoglioso, per quanto sia brillante

Non ti inseguirò mai, nemmeno col senno di poi Lezione imparata e annotata col sangue Come ho fatto a chiedermelo?

potresti essere la mia fortuna

Ruscelli d'ombra

Ora è

Non posso raggiungere il picco a quest'ora Puoi parlare "Mangley Carton"?

Prima quando ho raggiunto il mio destino

L'unica cosa che contava era la questione

E ora riesco a vedere solo la robotica...

Al "Parley Stoppers" con un bicchiere di vino e chiacchiere indolenti

Affollato da ricchezze e politica Tutto ciò che il cuore desiderava

è proprio qui, accanto a questo fuoco, ma dove risiede la mia mente strangolata nelle storie da fili che non possono rompersi in tane che non posso sforzare.

pazzi nel mondo, circondati da un dispositivo senza speranza.

Non è possibile raggiungere il picco a quest'ora Può parlare

'Salvami Padre'

È allora

Mangiare nelle "Case di accoglienza".

Sono solo a fissare le rotaie spezzate

i bambini con i loro visi mansueti sono andati sopra la torre non possono raggiungere la vetta a quest'ora

Puoi scrivere "Torri fantasma"?

Seguito da una catena di mistero Ricordo che tutto è storia Con un giro di mucchio

Atterrò con forza sulle corde Ma il salto atterrò da qualche altra parte Altro era dove risiedere dove ero Il mistero in una terra sconosciuta filtrare uno strano sussulto

chi altro può recitare

un nuovo capitolo della mia vita Ma

Impossibile raggiungere il picco a quest'ora Potete esprimere 'Cuori Assunti'?

Prima quando dormivo Una notte di fame Tutto ciò che contava era la questione

E ora vedo solo le mani che hanno dato da mangiare, anche se si trattava di un semplice tozzo di pane.

Avviato e riempito

una gilda di club dell'amicizia riposata da povere anime assenti e da focolari senza volto e ciondoli inzuppati nel mondo senza sogni di nebulose fattorie Prima quando ho iniziato 'Baking Feasts'

Tutto ciò che contava

era il problema E ora posso vedere

Con l'andata delle monete guadagnate aumenta e si siede l'aiuto che hai dato fresco nella scivolata l'involucro e il vassoio si adattano Ma

Non è possibile raggiungere il picco a quest'ora Può parlare "Sorry Harver"?

E' per sempre

Prima quando fuggirò dalle "Open Barleys

L'unica cosa che contava era la questione E ora vedo che lasciandoti alle spalle il mio futuro è desolante

Correre dal giardino vedendo gli alberi sprintare Il treno è raggiante

nella strada più incantevole Quella prima sera in cui ti ho incontrato stavi fissando

solo i miei occhi Il riposo era silenzio anche durante il sonno E ora posso vedere le strade principali

con le "Lavande del mattino

in Francia ho raggiunto Solo per una volta, ho sognato

come sarebbe avere una casa accanto

io e te che lavoriamo fianco a fianco, annidati e favoriti così e così danzando uno spettacolo mistico

di amante e anima Ma

Non è possibile raggiungere il picco a quest'ora Si può sognare

Frutti e fuochi

Prima quando ho gridato le mie ragioni

Tutto ciò che contava era la materia E ora posso vedere tutto ciò che fugge

sono i miei sogni Stranamente occupati

nei 'Flussi d'ombra'

nello spazio, tra le stelle

La caduta della nave
Ho fissato nel mio cuore
Con le foto di cari amici
Sono rimasto nello spazio con il radar di gravità

L'iperspazio ha reso l'energia seguita da un colpo fatale
Quando la violazione della sicurezza colpisce la luce
Mi sono precipitato verso la capsula di sicurezza

Manca la forza
corrompe la sua modalità di funzionamento l'energia è inefficiente
Per separarlo dal suo nucleo Ecco un'idea!

Insegnato da un amico morente che era stato un soldato al campo
Imparato e aveva praticato
mentre si allontanava con un ritiro elettrizzante

L'ondata è vicina
Ma i cavi sono impacchettati Così, lo pizzico con le dita
E tagliarli in un'apertura

Piccole operazioni di giunzione e taglio
Fare qualcosa qua e là I fili sono impacchettati insieme e l'energia è vicina.
Il rumore della capsula ne indica l'inizio

Di nuovo in modalità sicura, mentre i motori ci portano lontano La nave dietro è uno spettacolo doloroso da guardare

Tutte le navicelle di salvataggio muoiono in una fiamma ossidrica Distratto e frustrato

Ho perso il senso del tempo

Non indossando la cintura di sicurezza ho sbattuto la testa e

mi sono dato un prezzo di rotazione

Le infatuazioni iniziano lungo il viaggio di lacerazione strappate dalle creature Giaccio in un baccello angosciato che si protende verso la sicurezza ora

Marcio insieme

su questo misero pianeta senza vita Dopo tutte le sofferenze mi chiedo

Mi sono appena procurato un occhio dolente

Sasaeng

Ricordo il circo e quella notte di catapulta, salto mortale e tuffo d'orgoglio Ricordo la folla e le sue acclamazioni

ma quel ricordo ora mi perseguita e sogghigna Quel momento vitale di riconoscimento e di lode si è trasformato nel tuo sporco sguardo

Quelle braccia che si insinuano da dietro quegli occhi nascosti e quegli spaghi eldritici

Ricordo i disastri che hai combinato e raccolto, sempre nei guai con i paparazzi e le leghe.

Anche se sei sulla lista nera, mi segui fino all'alba I miei muscoli sono stanchi di mantenere il tono Gli occhi sono gonfi e pieni di sonno Devo stare all'erta o sei finalmente fuggito? I pericoli nascosti dell'ombra e delle ossa ora gravano pesantemente sulle mie spalle e sulle mie suole.

Non voglio vagare e non voglio essere fuorviato, come sono caduto in questo groviglio di avidità?

Perché una ragazza del suo calibro è caduta in questa linea pericolosa?

Hai un nome o sei solo una salamoia?

Usate il vostro talento in qualcosa di più divertente, qual è il significato di questa frase di Sally Lunn? Lasciami in pace e pensa alla tua vita non farmi promesse e sorrisi tristi Questo gioco del topo e del gatto

presto si concluderà drasticamente

Dici di farlo per amore infinito, ma mi hai reso infelice e mi hai lasciato in disparte.

Il talento che mi ha reso divino temo mi abbia abbandonato per una vita educata I parenti mi chiedono perché ho così paura ma non voglio causare altro dolore Questa vita brillante di stadi e voli mi ha fatto chiudere le porte al mio vero tipo Oh! Cielo, imploro e striscio

sollevare i miei problemi e le loro corna Non voglio più risiedere in questa società di mogli pazze.

Due tipi di morte

Hanno attaccato il mio cuore e schiacciato la mia anima

Ora persiste

verso il pavimento puzzolente

La mia coscienza mi ha detto di correre a nascondermi.

anche se nei bassifondi

Gli uomini pericolosi sono vicini intorno a me, maledico il signore e corro accigliato

Hanno toccato il mio spirito e massacrato il mio cuore Le mie menti sono diventate uno spettro

pieno di scarti

Il mio mento floscio si divide toccando il mio corpo e sditalinandolo Le mani sporche sui miei capelli

ha tagliato la mia pelle chiara e lo sguardo fino a rompere le mie lacrime in un'esibizione spietata

Esposti e strappati fino a farmi piangere, lasciatemi in pace perché sto morendo".

Tieni il diavolo per te

non toccare la mia mente segnata

Il sentimento non c'è più, ma l'avversione a sgozzarli è ancora dentro L'acqua è pesante

e il tempo è lontano

Il mio giudizio è sbagliato

come i pezzi rotti di una cicatrice da spaccare Tutto quello che avevo ora è sparito

Andata con il vento e la neve Due tipi di morte ho affrontato: una era ora e l'altra allora Dicono che una brucia e l'altra è la morte di un uomo.

l'altro

ti fa entrare dentro

Spero di poter scegliere il secondo lato Ma il mio cuore è pesante

e io vengo fatto a pezzi come un'autopsia fatta in un carro di fata

Anche se l'incantesimo è durato poche volte, posso dire che ora

Che

Tutto è tranquillo.

Mi alzerò

Il passato

Con questa passione, mi sdraio sul tuo trono Con questo cuore, inseguo la tua mente come un sasso a tutto tondo, che infastidisce

Io e te tutto il tempo

Il mio bambino piange per i tuoi lineamenti appannati dalla nebbia del cielo

Ma

Con una pala in mano mi fai esplodere la mente

Arriverà la luce che cavalca dal cielo

Sfiorare tutte le passioni sepolte in profondità

La vivacità dei tuoi occhi che ho sfiorato con l'alluce di tanto in tanto

Ricordo il mio nemico

Con questo sogno, mi sdraio tra le tue braccia Con questa speranza, grido per la tua suite come un pezzo da novanta,

sdraiati in un angolo io e te

Il mio bambino dorme a stomaco vuoto, trascurato e stordito dalla sporcizia e dal grasso.

Con la mano sulla traversa mi uccidi

Arriverà una pioggia che canterà dalle nuvole Trattenuta dalla disperazione che risuona in profondità

Il fuoco della tua anima
Ogni tanto mi sono schiantato con l'alluce In
Tu sei il mio nemico

Ora

Non ho mai fatto un passo Perché ho pensato al tempo
Quando
mi baci sotto il vischio come un vero regime
Ora i tempi sono finiti Non sarò più il tuo schiavo Mio figlio mi guarda ogni mattina e ogni giorno La mia virtù si seppellisce nella gloria
la mia ira ti mangerà vivo ho sopportato abbastanza dolore
per farlo tornare indietro stanotte In quest'ora di mistero potrei dimenticare chi ero
Ma negli sguardi della storia è sempre qui e davanti La vera natura della vittoria

si trova nel vero sé Anche quando è bruciato a pezzi
tintinna nel suo guscio il tuo dolore non è un vantaggio
mi seppellirà insieme a te Perché ti ho dato il mio cuore nel suo pieno stampo ma ora è fatto Fatto ed è detto
Non stasera e in futuro Una donna brucerà sul rogo
Ti amo per gloriarmi della sua vera piega e della sua fine, ogni tanto.
Ricorda

Mi alzerò

Parte IV

Orbita ellittica

Sono all'interno della bolla con alcuni sogni e se mi avvicino troppo, ho paura

che o scoppierà dal mio tocco e mi esporrà al mondo esterno o si espanderà ancora di più lontano da me

come un palloncino che si riempie d'aria, sono ansioso di tutti gli esiti e quindi rimango fermo dove sono.

Il coraggio che avevo un tempo

ora sembra un frammento di memoria che appartiene a qualche strano passante Come quella ragazza un tempo ero io

piena di idee, piena di avventure Dove è andata?

Perché mi ha lasciato solo?

Sto cercando di trovare un'altra soluzione, ma il mio corpo è attanagliato dalla paura.

Non voglio ancora arrendermi

Eppure, giaccio qui, stagnante, in questo disco di vinile.

Un tempo era un giardino di melodie e poesie, ora si sta trasformando in un campo morente.

Presto dovrò prendere posizione, ma non sono ancora pronto per farlo.

La passione che avevo un tempo

ora sembra una ragnatela lontana, invisibile e strappata in alcuni punti Come quella ragazza un tempo ero io

piena di esuberanza, piena di slancio Dove è andata?

Perché mi ha lasciato solo?

Non posso stare sveglio mentre il mondo gira, devo alzarmi e camminare.

anche se questo significa trascinare i miei piedi freddi non sarò dimenticato e scartato come i ricordi di un bambino

Rimanere nascosti per sempre è l'orgoglio di uno sciocco Non importa dove mi porterà la mia decisione, non importa se affonderò da solo

la mia ombra sta con me mano nella mano perché pensavo di essere sola?

Il fuoco che avevo prima ora brucerà dieci volte di più

Non è più solo cenere e cenere È una recita delle mie grida interiori Come quella ragazza un tempo era me

piena di coraggio, piena di devozione Era qui da sempre

Solo trasformato in una forma migliore il suo riconoscimento reso così difficile

che ho trascorso l'eternità in quest'orbita ellittica che ruota in un punto per così tanto tempo.

Labirinto di anime perdute

Sono perso e solo in questa nebbia eeyorish e non c'è nessun altro posto dove andare

Se credo che, una volta uscito, sarà di nuovo tutto come prima

Sto mentendo a me stesso

Perché io e te sappiamo

Mi sono immerso in questo labirinto e ad ogni svolta e in ogni direzione, sta per fallire.

Mi chiamate pessimista

ma sono una meraviglia della realtà Circondato da pecore e galline

Sto entrando in contatto con la realtà

Per tanto tempo mi sono lasciato fustigare, ma ora sono stanco.

di tutti questi insulti e bar

che hanno lo scopo di tenermi incatenato in questo mostruoso ma vuoto carrello

Tu dici: "Prendi la mia mano", ma io sono uno sciocco che si arrangia da solo

Troppo testardi e indipendenti per vedere il potere che c'è in voi

I bastioni si sono rafforzati e io sono più perso e solo

senza conoscenti e senza persone da chiamare in questa situazione di pericolo.

I nemici che mi sono fatto non accettano la mia tregua Sei anni di duro lavoro stanno marcendo nelle mie scarpe

La gravità ora mi tira giù Quello che prima era sopra le nuvole ora si attacca al suolo

Voi dite che non posso sconfiggere la dualità che esiste tra di noi

Ma non mi arrenderò

a questi giochi ministeriali anche dopo che il mio spirito sarà mutilato

Mi vedi in questo corridoio buio e so che ti fa male all'anima

Ma non sono perso in questa oscurità, questo posso assicurarlo.

Vuoi girare i pollici finché non lego questi accordi?

o mi lascerai anche tu in questo labirinto, tutta persa e sola?

Cuore pesante

Tergiversare con il cuore pesante Quando la pioggia si riversa sulla tempia dei suoi occhi
Ho avuto un flashback sui ricordi sepolti in profondità
La pianura brucia nel fuoco
lasciando dietro di sé i sussurri del vento caduto Quando inizia il fiocco ghiacciato
Rimasi al freddo lungo l'orrido vento Le stelle luminose delle mura diroccate
afferrare il mio cuore in una tempesta di vento Ho visto il debole attraversare la sua mente
Per leggere le cicatrici sepolte in profondità

Tergiversare con il cuore pesante
Quando la neve scende sui suoi piedi, mi sono tornati in mente i ricordi di
i fiumi e i torrenti La terra è pianeggiante con intuizioni di
le stelle rotte Le ossa fratturate schizzano intorno e
Sono rimasto al buio nelle membrane dell'isolante di inizio
Il labirinto di schizzi della zona strutturata
intrappola la mia anima in una landa infestante
Ho riconosciuto la debolezza che indicava la sua paura
Per leggere i sogni che ora sono diventati semplici.

Le rive antidiluviane

Pensavo che volessi vivere e invece pensi sempre a morire Pensando
a come tormentare la mia vita

Ho smesso di correrti dietro come in passato
Io sono il mio destino, ma perché sono ancora così triste?

In tutti i modi e in tutte le occasioni in cui mi sono seduto come un
terzo incomodo
in colpa, in sciopero

Ma ora non è il momento di contemplare i miei desideri
Sono immerso in un trauma e penso alla pira

Credevo che fossi coraggioso, ma ti nascondi sempre nell'oscurità
Nascondersi negli spazi fino a
si intreccia in barre

So che è passato e che tutto è stato fatto e se ne è andato, ma tu
rimani ancora bloccato su questa riva

La barca che avete preparato è partita da tempo
Lasciato con i suoi cari, i suoi ricordi, il suo pneuma
e la tua anima
Pensavo che volessi cantare, ma sei sempre dietro il palcoscenico.
Fare il tifo per gli altri

che si prendono il merito del vostro lavoro, e il vostro nome

Ho smesso di controllare le tue decisioni Come nel passato
Io sono il mio pilastro
ma perché sono ancora così miseramente triste?

In tutti i modi e in tutte le occasioni in cui ho rimpianto le vostre azioni
con lacrime, ma con orgoglio

Ma ora non è il momento di rimanere bloccati in questo circolo vizioso.

Si può costruire una nuova nave e lasciare questi lidi antidiluviani per tornare ad emergere.
i vostri cari,
i vostri ricordi, il vostro pneuma e la vostra anima

Mezzo Dio

Il fuoco e il mare vi faranno piangere se lascerete che queste piccole cose

consumare la mente

La farfalla non pensa mai prima di costruire un bozzolo

Non lasciate che questi pesanti fardelli occupino il vostro mezzogiorno

Ciò che va e viene è un ciclo naturale della vita

anche il cielo e la luna vengono terrorizzati

La cenere e l'eclissi non chiedono prima di partire la trasformazione improvvisa è un compito regolare Ciò che avete perso non tornerà indietro

se ci pensi sempre il dolore ti inganna e ti riconquista Le foglie non pensano mai

prima di abbandonare l'albero, quando l'autunno bussa, sanno che è il loro campo di battaglia Il coraggio non è così facile da ottenere

quando si sono perse tonnellate di lucentezza, ma dà una spalla

su cui appoggiarsi quando si piange

La terra e le stelle corrono in linee parallele ma si desiderano l'un l'altro

nella loro stessa natura di condizione

Quello che è successo non sono disposto a cambiarlo, ma che importanza ha?

quando sei irremovibile nell'eliminare la mia faccia

La creazione e le creature sono un tutt'uno avvolto dalle liriche dei loro compagni avatar Non allontanarti dal tuo cammino

L'acqua non pensa mai prima di soddisfare la tua sete, allora perché tu ci pensi due volte prima di fare del bene?

So che mi odi, da quando ti ho portato via da me.

ma quando io sono te e tu sei me

perché fuggi da te dammi la mano

e io metterò tutto a posto

è iniziato con la mia decisione e presto finirà con la sua derisione

Incontriamoci a mezzanotte

quando la luna sarà al suo picco massimo risponderò a tutte le vostre domande sulla vita e su di me

Ma se venite a incontrarci ricordatevi che non potete tornare indietro Il percorso è a senso unico

e non si può tornare indietro

Sarà sempre una tua decisione, ma vorrei che tu non venissi.

non che non voglia salutare

ma semplicemente perché ti vedo ogni giorno in ogni frazione di luce

anche quando vi allontanate da me e vivete senza inchinarvi

Sono accanto a te

anche quando tutto ciò che afferro sono sedie vuote Quindi, ti supplico con mani invisibili

per tornare verso la luce Imparare a sorridere e a giocare di nuovo

con molti altri che sono miei I fiori e le api non sopporterebbero se ti portassi prima della data prevista

Quindi, vi auguro di rimanere e di vivere una vita felice.

Impacco Tìme

Il tempo sta svanendo
mentre la notte passa Tutti i fiori di mezzanotte
le tenebre si allontanano con la luce.

      L'ora è falsa
        facendo scorrere il nervosismo Tutte le mie lacrime
      Ghiacciati nella notte

Tutte le mie chiamate si allontanano verso questo punteggio Rami
che mi danno pugni in testa Tattica spaventosa noiosa.

      Pregare ogni giorno
        Mi ha illuminato È una trappola temporale
      Un involucro di tempo

L'ora che cresce tutta forte Manca molto al mio giuramento
Toccandomi il petto
E tiro fuori ad alta voce

      Il ruggito è gloria Inveire molto per crescere Per
      questo tempo raschiando me sono solo NO più

È una trappola temporale Senza via d'uscita
L'orologio di mezzanotte suonò facendomi sentire un solo suono

È una trappola temporale Un involucro temporale

Questo mi sta avvolgendo su questo pugno Crescendo ogni giorno e

Parlare troppo.

Noi.

La vita sulla falesia di montagna cade con la frana

Rocce frantumate, stelle scintillanti non possono salvarmi in quest'ora
Lasciatemi andare, perché non posso restare Le clausole della felicità

sono appannati dalla pioggia

La nebbia in questa notte senza nuvole cade mentre io rimango indietro

Ho provato a cercarti Ho ricordato tutto Richiamami

Per evitare che mi accoltelli, tesoro!

Avrete un futuro

E sarò in ogni suo battito

perché in ogni prova della vostra storia ho camminato a piedi nudi.

Samsara

Ti prego di perdonarmi per le cause di morte

Non so da dove traggo la forza Perché so che morirai nel sonno e non so come ti lascerò vivere

E quando ti ho chiesto di sposarmi

e avere bambini che giocano nei campi verdi Tutto quello che hai detto

Sai che stai per morire

e non vuoi che io viva una vita maledetta potrei essere felice con qualcun altro

Le persone avventurose non si sposano così giovani e mentre ti guardavo saltare dal cielo

Ho iniziato a piangere, perché tu sei il mio unico sogno e mentre piangevo e aprivo gli occhi

Ti ho visto accanto, nella debole luce del sole Perché tu sei l'alba, io sono il tuo crepuscolo

E non c'è passato, non c'è storia di cui fidarsi La chiami una contingenza naturale della vita che inizia ogni giorno al crepuscolo

Così, mentre mi incarno nella tua luce morente

Vedo un nuovo domani, una nuova notte

Mi siedo e passo il tempo a chiacchierare con la luna ascoltando storie di tuoni e di preveggenza

Aspetto il nostro prossimo appuntamento sperando di potervi raccontare tutte le storie di una vita

Quindi, vi prego di perdonarmi per le cause della morte

Non so da dove traggo la forza di respirare in questo ciclo di eterno piacere

Ho pensato che questa storia continuerà fino all'infinito.

Controllo

Vivere in una cella costruita mi ha fatto impazzire

dai racconti della vita non so più chi sono

o come raggiungere il treno Se sono in ritardo e lento e il treno scappa via

lasciandomi dietro di sé in frantumi Nessuno si chiede perché Sperare di controllare ogni cosa

Sono invecchiato e raggrinzito dal tempo È volato come i grani in polvere E non riesce a trattenerli di nuovo

Penso che finalmente sto perdendo

E perdere il controllo

Che una volta era mio

Vivendo nelle ombre altrui sono vuoto e lacerato

Come il mio frammento di ricordi

Sto girando sopra la mia stessa testa Mi sembra di essere fermo

quando piove a dirotto Le foglie cambiano di continuo con il tempo

E continuano a muoversi con il vento Nessuno si chiede perché

Sperando di salvarmi

Con il tempo sono diventato insensibile ed egoista È volato come il vetro fuso

E non riuscire a trattenerli di nuovo Penso che finalmente

Sto perdendo e perdendo

Il controllo che una volta era mio

Pensando che con una cornice d'oro io sia un dipinto realizzato con vernici oscure e continua a sgocciolare e scivolare

Finché le mie mani non si copriranno dei colori degli arcobaleni

E diamanti

Solo se sapessi come usarli Come curare se stessi

Nessuno si chiede perché Sperando di recuperare le forze

Sono diventato silenzioso e insensibile con il tempo Ha soffiato come il vapore del motore E non riesco a trattenerli di nuovo

Penso che finalmente sto perdendo

E perdere

Controllo che era mio.

Giù nel vuoto

Nella ricerca più profonda della mia mente, lungo le frange terribili dell'agitazione,

Ho trovato il significato della gioia

nascosto nelle profondità delle guardie dei ricordi Un unico filo strappato in mille pezzi che porta dritto nelle montagne dell'infelicità L'attrito che mi tira dietro

ad ogni passo, trovo il nido di uccelli spezzati che riposa in pace nella terra di un falso signore La natura delle energie che si ribaltano nell'elettricità ma che annegano all'interno delle pozze lucenti

è la litania dei frutti confinati

allineati in assenza di un'anima divorante

Effimero

Le emozioni hanno avuto la possibilità di ferirmi di nuovo La sensazione di euforia è ormai passata È arrivata in un lampo di luce

e ha corso con uno stile diverso Cosa si vuole fare

Dovreste farlo ora Il tempo è poco e il volume è alto.

Ieri mi sono svegliato con il mal di testa

Le terre surreali dei piaceri sono passate È arrivato con un colpo di tuono

Ed è passato in un'altra vibrazione Quello che vuoi fare

Dovreste farlo ora Il tempo è poco e il tempo scorre forte.

Non ricordato

Al mattino

All'interno dell'ombra di verde che le tenebre hanno portato con sé

E consumò ciò che era il mio essere Il risveglio della nuova passione dentro di me

Viene percosso come la conchiglia della perla che è sopravvissuta ai disfacimenti del mare Questa accensione del mio cuore

continua a battere

Ogni volta più veloce e più difficile, le crepe si allargano e si fanno più selvagge con il passare del tempo.

Questo è correre più veloce dei miei piedi

La sera

All'interno del bozzolo del bruco le prede si sono insinuate

E ha consumato ciò che era rimasto di me L'unione dei nuovi sogni dentro di me

Si fa a pezzi come la luce dell'alba

che era sopravvissuta alle nuvole scure della pioggia Questa forma delle mie mani

si raggrinzisce

Più veloce e più forte ogni volta

il fardello diventa sempre più pesante con il passare del tempo

Che canta più velocemente delle mie urla

A mezzogiorno

All'interno dell'infido castello, le spade si sono trascinate

E ha consumato ciò che avrei potuto essere Le sinfonie del nuovo mondo dentro di me

si insabbia come la foglia d'autunno sopravvissuta al freddo dell'inverno Questa curiosità della nuova mente continua a frantumarsi

Più veloce e più forte ogni volta

le pagine vengono sfogliate e sconvolte dal ritmo del tempo

Sta sfogliando più velocemente di quanto riesca a battere le palpebre.

Cometa

Il flebile richiamo mi è rimbombato nelle orecchie È tempo di partire ancora una volta

La luna è improvvisamente molto più scura Sperando e chiedendomi se resterò Forse ho dato false speranze

Mi sono abituato quando fuori c'era la luce del giorno Le mie mani sono troppo appesantite ora

Ed è diventato insidioso chiudere quell'inquietante cancello

Il flebile richiamo si fa più forte e non è più flebile.

Sono fuori nella notte L'aria fredda mi stuzzica

mi scompiglia i capelli e soffia sul collo la luna non si vede da nessuna parte

Il sentiero è scintillante per l'acquazzone bagnato e i miei piedi camminano con cautela.

Sperando in un passo, una scivolata e una caduta Le stelle guidano il mio cammino

come un amante abbandonato che non è riuscito a rimanere

Sto camminando passo dopo passo verso quel rumore più forte

Vedo l'orizzonte ancora una volta come ogni altra notte

Ma oggi è più eccitato del solito e svolazza come una farfalla

le cui ali non sono state strappate e i colori non sono stati stracciati

Sto correndo verso le scale ora Poche impronte di difficoltà e poi sarà di nuovo silenzio

I ricordi si affollano nella mia mente Quei momenti di sangue, sudore e lacrime I frammenti che mi hanno tenuto in vita

Una porcellana in frantumi tenuta in una corda tesa Ma è arrivato il momento di tagliare la corda

E volare verso il percorso destinato al mio prima che si confonda e si trasformi

dalle parti del bosco

I miei piedi non toccano più il suolo Sto volando sempre più in alto

Abbracciando il freddo cielo notturno

che è sempre stato un migliaio di diamanti che brilla come una cometa nell'eco della mia vita

BE

Appoggiare i piedi a terra e sentire la superficie fredda sottostante, anche se si scivola non importa.

finché la tua testa è tra le nuvole, anche se il fulmine ha colpito

anche se il mio cuore è attanagliato dalla paura i tuoi amici aspettano che tu torni da loro

mettere i piedi sul fango marrone e sentire la sua presa solleticante

anche se anneghi, non importa, basta che tu sappia camminare sotto la superficie

sopra le stelle nel basso sulla luce

lontano

andiamo lontano

andiamo dove gli altri non possono seguire dove non possono arrivare

dove sarò solo, solo con le mie ombre che mi rendono forte sperando che un giorno riuscirò a combattere le mie paure

e arrivare dall'altra parte più forte e pieno di saggezza e se perdo questa battaglia

anche se i miei demoni vincono, me ne andrò volentieri via

sapendo di aver combattuto bene con tutta la mia volontà e i miei sogni usando tutte le mani e i piedi, anche se mi sono ferito nel processo, sono finalmente

che desideravo essere.

Necessità

Cammino fino a quando non smetterò di revocare la rabbia dei tuoi Mi sono ingannato da solo

con sogni falsi come l'inferno ho pianto, sono caduto

nessuno che mi prendesse mentre cadevo nel profondo del pozzo Non eri lì, perso come in una cella Mi chiesero

Il mio bisogno

Non avevo nulla da dire Se non allontanarmi come un orso per le gocce di miele

finché non mi sono ricordato di quello che hai detto Anche la ragazza offerta di miele

possiede i quarti posteriori di un serpente ho bussato alla tua porta

Non avendo voglia di tornare indietro

Pensare...

Che tipo di cose danno felicità

Conoscono almeno me o conoscono te

Ho filtrato il flusso Ho digitato il testo Buono a nulla

Ho parlato di me stesso Ma sai

Mi sono reso conto

Quando mi hanno chiesto il mio bisogno

Perché ho bisogno di te?

Non perché sei un eroe Non perché sei un sogno Anche no

Perché quando piango Tu lavi le mie lacrime

Non perché non ho niente da fare

senza di te Anche no

Perché mi dai la forza Quando sono un fallimento

Non perché quando sorridi la vita prende una piega ripida verso la luce Non perché ho bisogno di te

Perché non conosco me stesso Non perché il mio cuore batte solo quando sei vicino Anche non

perché smetto di respirare quando cadi

Non ti acquisisco per questi motivi Ma comunque

Il motivo per cui ho bisogno di te è

Quando cadrò

Chi altro mi prenderà Così quando

Ho pianto, sono caduto

Mentre cadevo nel profondo del pozzo Forse, tu non c'eri Persino perso come in una cella Quando mi chiesero

Il mio bisogno

Avevo capito cosa dire...

Sull'autore

Hornbill Harcel

Hornbill Harcel è nato a Ras Al Khaimah, negli Emirati Arabi Uniti, ed è cresciuto nel Punjab, in India. Le piace inseguire sentieri selvaggi, tracciare nuovi percorsi e cercare l'avventura. Quando non saccheggia libri nei negozi e nelle biblioteche e non arranca su per le colline, impara coreografie di danza classica e hip-hop fusion. Di professione è ingegnere del software e negli ultimi 3 anni ha lavorato come sviluppatore di automazione dei processi robotici. Ha scritto la sua prima poesia a 14 anni e da allora si è innamorata della scrittura. Woebegone Wynds è il suo primo libro.

www.ingramcontent.com/pod-product-compliance
Lightning Source LLC
LaVergne TN
LVHW041626070526
838199LV00052B/3254